설재훈 시집

같이 저물어가기

같이 저물어가기

발행일   2020년 4월 24일

지은이   설재훈
펴낸이   손형국
펴낸곳   (주)북랩
편집인   선일영   편집   강대건, 최예은, 최승헌, 김경무, 이예지
디자인   이현수, 한수희, 김민하, 김윤주, 허지혜   제작   박기성, 황동현, 구성우, 장홍석
마케팅   김회란, 박진관, 조하라, 장은별
출판등록 2004. 12. 1(제2012-000051호)
주소   서울특별시 금천구 가산디지털 1로 168, 우림라이온스밸리 B동 B113~114호, C동 B101호
홈페이지   www.book.co.kr
전화번호   (02)2026-5777   팩스   (02)2026-5747

ISBN   979-11-6539-186-7 03810 (종이책)   979-11-6539-187-4 05810 (전자책)

이 도서의 국립중앙도서관 출판예정도서목록(CIP)은 서지정보유통지원시스템 홈페이지(http://seoji.nl.go.kr)와
국가자료공동목록시스템(http://www.nl.go.kr/kolisnet)에서 이용하실 수 있습니다.
(CIP제어번호: CIP2020016215)

(주)북랩 성공출판의 파트너

북랩 홈페이지와 패밀리 사이트에서 다양한 출판 솔루션을 만나 보세요!

홈페이지 book.co.kr   •   **블로그** blog.naver.com/essaybook   •   **출판문의** book@book.co.kr

설재훈 시집

같이 저물어가기

북랩 book Lab

그때는 맞고

별들은 언제 사라지는가

호흡하는 모든 것

어쩌다 보니

그때는 맞고

나비

짙은 안개 속에서 알 수 없는 소리가 들려왔다

홀리듯 또 다른 지펌으로 그 속으로 날아들어 갔다

서서히 눈에 드는 것은 계절이 지나간 자리로

제때를 지나 커진 바랜 빛깔의 들꽃들과
엉켜 쓰러진 갈대들

조용히 바람에 흔들리고

작렬하는 태양 아래 함께 유영하던 동무들은
보이지 않았다

목이 탔다. 혼자였다

화해

바람은 줄곧
그리움으로 치달았다
바람이 오기 전에는 오랫동안
안개가 머물렀었다

태양은 창문에서 뜨고
창문으로 졌다
많은 사람이 내 방에 들렀으나
나는 얼굴조차 기억이 없다
갇힌 줄도 모르고 갇혔다고
느꼈을 때
네가 왔다

쩡하고 울려대는 유리창에
가만히 손을 대면 그리움은 곧
슬픔이 되었다
여전히
안개와 사람들이
내게 왔고
태양은 창문에서 뜨고
창문으로 졌다
안개와 사람들 뒤로
지는 해가 곱다고 느꼈을 때
네가 왔다

바람이 내게
그립냐고 했다
무언지도 모르면서 나는
그립다고 했다

네가 오고
사람들이 왔다
안개와 태양이
바람과 함께 와서
그리움으로 달려갔다

쩌엉하고 울려대는 유리창에
가만히 손을 댄다

안팎의 우주가 같이
섞인다

그를 기다리며

이제 올 거라고
먼 시간 넘어 지금이라도 올 거라고
우두커니 섰던 하루가
또 기울어

들릴 듯한 흔적
보일 듯한 기척
흐려져 가는 기억
못내 서러워지며

나의 하루 같던 세월이
영원할 것 같던 하루를 마칠 때

기적 같은 일이었어
죽을 만큼은 아닌 거잖아
모르게 안도의 한숨까지 쉬어가며

이미 소멸했다던 수 겁 광년 거리의 행성이 보내는
시립도록 낯선 빛 아래에

누추한 위안으로 또 잠에 들고

올 여름 장마

여름풀 성한 길가에서
하릴없이
긴 비를 기다린다

바람이 지나며 뺨을 훑고 가지만
예전처럼 눈을 흘기지는 않는다

오래된 그리움은
그것대로 내버려 두고

그 그리움이 무거워질수록 내 것이 되지 못한다는 걸
언제 알게 되었더라

아침 일기예보에선 이곳에 큰 비를 예고했다

한가운데 길에서 비껴나

이제

긴 비가 오기를

기다린다

그때는 맞고

목숨보다 널 사랑한다던 말
그때는 맞고 지금은 틀리다

심장을 뜯어 네가 바치겠다던 말
그때는 맞고 지금은 틀리다

하지만 어찌할 것인가

그렇게 많은 일 후에도
아직 어른이 되지 못했고

그때도 맞고 지금도 맞는 건
결국 스스로를 사랑하는 것 외에는
아무것도 하지 못하는 못난

그러나
내 눈이 멀기 전

화창하거나
꾸물거리거나
안개가 스물 거리는 어느 길에서라도

한번 마주칠 수 있기를

그때는 틀리고 지금은 맞다

회상

생각해보니
뜨거운 여름 한밤
폭죽 같던 사랑을 해내고
우리는 헤어졌습니다

가진 것 없이
심장이 토해내던 더운 피만으로
아쉬울 것 없던 좋은 시절을 보내고
하얀 계절이 내려와 앉았습니다

아득한 당신
기억으로 떠올려 보기에도 마뜩찮아
그때도 뛰던 심장에게 물어 봅니다

내가 당신 이름 불렀던가요
당신이 내 이름 불러주었던가요

당신이 없던 그 시간이후로
당신은 없는 많은 일들이 있었습니다
당신이 없던 그 시간이후로
당신은 없는 아무 곳으로나 떠돌았습니다

고맙게 이곳 밤에도 별들이 핍니다
밤새 폈다 지고 암흑 같은 낮 동안 숨었다가
다시 밤새 피다 집니다

새삼 그 별들의 축제 속에서
불꽃놀이 같았던 기억을 떠올립니다
새삼 불꽃놀이 같던 기억 속에서
심장 같던 이름 하나를 떠올립니다
그 피 같던 얼굴이 혈관을 돌아 흐릅니다

오늘도 살아갑니다

생애

- 거리에서

아이는 작고 하얀 신을 신었다

뒤뚱거리다 종종거리며

아이에게 남은

그 많은 날 중의 하루를 걷는다

눈부셨다

티 없이 시작하는 그의 생애가

부러웠다

정읍사(井邑詞)

헌 포대기 둘러
늦둥이 딸년 업고
불 꺼진 골목 어귀
오르락내리락

등짐지다 몸 상한 아비는
술 한잔 걸치는지
밤길을 헤매는지
소식도 없어

하늘님 어디나 계서
기원을 듣는다 하니
반은 간구요 나머지
애기 어르는 애미 맘을
아는지 모르는지

발기척은 뒤척이다
멀어지고 아,
사라져 버리고

망부석은 이렇게 만들어지나?

별이 지다

삶과 죽음이 맞닿아 있다는 말을
듣지 못한 것은 아니지만
살아내면서 배워진다는 지혜로움도
죽어가면서 얻게 된다는 겸허함의 열매도 아직은
내 가지의 일은 아니다

시인을 길러내는 건 팔 할이 바람이라는데
슬픈 천사 되는지 알면서도 시는 써야 한다는데
못된 시샘으로 미처
시 한수 다 읽어 내지 못하는 나는
언어의 샘에 녹아들어가는
이슬 같은 단어 하나
잎새에 맺어내지 못할 것이지만

누가 알겠는가
가시 많은 줄기 꺾여 어느 눈먼 짐승
한 끼 먹이가 되고, 저녁 바람에 흔들려

어느 마을 잠든 꿈들에 어울리는
조용한 소음이 되어줄지

만삭인 달이 별들을 세상에 보낸다
양수와 핏덩이로 젖어든 하늘이
붉어진다 하늘 아래
죽음과 삶도 구별 못하는 내게
벅찬 욕심으로 시가 다가온다
그립다 터럭만한
감동도 실어내지 못하는 내 삶인데도
그립다 변변히 생활에 금 긋지 못하는
하루살이인데도
시가 그립고 사람이 그립고
사랑이 그립다 그립다가
사무쳐 또 별이 진다

숭어를 꿈꾸다

어느 아침이든지
참으로 눈뜨기 힘든 날에
당신을 만나러 갑니다

어제 이별한 것처럼
심상한 말 한마디하고
못 견뎌 할 때까지
빈둥거립니다.

나를 살게 하는 이여

당신의 뒤에 가만히 서서
울고 싶습니다
가을이라면 가을
이제 내리는 저 비를 끝으로 숨죽여갈
뭍 위의 많은 것을 위해
당신의 온기 안에서
오랫동안 울고 싶습니다.

당신은 한 번도 슬퍼하지 말라고
말하지 않습니다. 나도 굳이
슬픔을 피하고 싶지는 않습니다.
끝내 당신의 정직한 분노 안에서
나는
침몰할 것입니다만

사랑하는 당신이여

다음 생에 나를
깊은 당신 속 물고기로 잉태하소서

부디

밤꽃이 피다

새들은 물 나간 개펄에 목 박고
먹이를 찾고 있어
푸드득거리며 숨 꼴깍 넘기고
몸부림치는 비늘덩이들

옷 풀어 헤쳤던 살질 개펄은
사리되어 차오르는 바다와 몸 섞으며
또 다른 관능으로 치달았지
천천히 밤들이 익고 있고

마술사의 옷 속에서 줄줄이
딸려 나오는 별은
어느 우주의 번화가에서는
태양이라는 간판을 달고 있겠다?

소리 없이 계절을 보내고
치열하게 다음 세대를 준비하는 것들이
올려다보는 하늘
아래

이제 시작되어야 하는 많은 사람을 위해
점멸하는
사람 마을의 등불들

희망

조사도 없는 짧은 말 잇기

비오는 날 창문가 뿌얀 입김으로 쓰던 그리움

처마 밑에 고인 작은 웅덩이 속 깊은 사랑

기대 없이 서성이던 그 집 앞 기다림까지

마른장마 끝에 시원하게 내리는 비를 보며

작은 행운이 네게 그리고 내게 남아있기를

기억은 망각 속에서 문득 선연해지고

지루한 오후 문득 뿌얘지는 상실의

근원은 어느 번호로 문의해야하는 것인지

보고싶다보고싶다보고싶다

누추한 방 창문을 열고

잦아드는 비를 함께 보내며

작음보다는 큰 희망이 너와 내게 남아 있기를

풀잎의 나날

창문 밖으로 여름이 지나가고 있는데
아무소리도 들리지 않아

백치가 되어 버렸는지 자꾸
한 기억으로 되돌아가는 흑백, 흥얼거림

길을 멈추고 풀잎을 보아
투명한 물관을 열어
맛을 본다면 어쩌면
짠맛일까, 내 파리한 혈관이 보여?
짠맛일까, 타들어 가는 것처럼
목말라

해부해 볼래 같이 이 세월
나중에 무엇으로 남아 줄 건지

살지 못할 만큼은 아니지만
먼지로 발라놓은 환부가
때때로 다시 갈라져
지금은

산사태가 나

들어 보라

들어가 보라

풀잎은
그의 마을에서
이슬을 성찬으로
대접하는
순박한 신민이었으나

들어 보라

순한 마음이 번번히
천둥소리를 내며
무너지다 다시
모질게 일어나
생명의 끝날을 들어
몸을 몸을 뾰족히
깎으며 내는 저
신음소리

같이 저물어가기

1.
무엇을 빌었는지도 모르게
짧은 기도를 끝내고
성의가 부족한 인사를 나눈다

맛없는 아침 식사를 하며 또
무엇인가 빈 듯하여
오랫동안 덮어두었던 책을 펼치는 시간

먼 산 위로 구름이 흘러간다는 것이
사철 푸르러야 할 나무 여위어
죽음의 나이테만 더하고 있다는 것이
생경하지 않게 된
의식의 동맥경화

심장, 벅차게 고동치지 못하다

치열하지 않고도 살아지네 뭐하며
오지도 않는 전화를 기다리다가 문득
중얼거리는 그 순간

2.
벽에 걸린 해바라기를 보았지
강렬히 비틀린 붓놀림 가득
빈센트, 가지와 꽃잎의 노란색이, 차
오르다가

눈동자에서
무뚝뚝하게 굳어가는
열정의 철문을 텅하고 치받고 오르는
저 색
나를 다시 그릴 수만 있다면

3.

투명해져야지

아무것도 지니지 않고
갈 수 있는 끝까지 던져져
몸에 걸리는 모든 것들을 어루만지며

바람으로 그려야지

북국 얼음이 되어
눈의 여신이 다가와
부활의 주문을 외우기까지
긴 빙하기가 한 세 번쯤 지나간 후에
깨어나

너의 이름 긴 그리움으로
불러야겠다

고오오

저물어가는 모든 것들의 이름을
불러주어야지

세상을 온통 덮어버리겠다고
언 땅을 녹이고 일어서는
새싹

모든 것을 덮어버려야지

저물어가는 모든 것들의 이름
다 불러주면서

The show must go on

느지막한 오후
좁다란 인도를 걷는 사내의
야윈 등허리를 비추는
헤드라이트

무대에 섰으니 쇼를 해보라고

높다란 빌딩안의 투명한 유리로
사람들이 분주히 자리를 뜨고
거리로 쏟아져 바쁜 걸음
대체 저 많은 사람의 쉴 곳이
존재하는가

비틀거리며 걷는 사내, 혼자되면

그 쓸쓸한 표정이

정말 연기파 배우 같은 우수

그래도 삶은 계속된다

겨울 꿈푼 혁명은 없다

당신은 이제 혁명은 없을 거라고
말 없어져 갑니다

투명할수록 차고
선명할수록 머언
이 겨울 하늘

부지런한 새들을
한없이 쫓던 시선이
욕심 없어져 갑니다

어떤 갈망에서 근원하는가요
무거운 몸뚱어리 띄워 올리는
저 부산한 날갯짓

푸른 작업복 입은 나의 혁명은

출근버스가 늦어지며

지체되고 있습니다

찬 손을 비비다보면 당신과 달라

내 혁명은 분노의 다른 이름인지 모른다고

흰 입김 뽀얗게 뿜어나고

차고 머언 하늘을 바라봅니다

투명하고 선명한 겨울입니다.

고도를 기다리며

벌써 여러 번 하늘을 올려다보았지
푸른 하늘이 어느 무대로 옮겨간 건지
잿빛보다 더 탁한 심연으로부터
누군가의 눈물이 툭하고 떨어질 듯한

해질 무렵에

고도를 기다리며
힘들게 바람을 타는 새를 지켜보고 있었지

즐거운 하루였어
뜻하는 모든 바가 다 이루어진
보기 드물게 운수 좋은 날.
오늘만 같으면 네 생각 없이도
잠을 이룰 것 같아 마지막 술잔을 비우면서도
쓸쓸해지지 않았는데

언제부터 가난이 불편해지기 시작한 거지

비틀거리며 막 내려가는 하루의 끝자락
젊은 날의 열정이 다 식어가고 있는데
오늘도 고도는
오지 않고 있었어

故 최용철 씨에게 알립니다

그날 오후 당신의 아내가
전화를 걸어왔습니다
낯선 이름을 되묻는 내게
당신의 이야기를 합니다

아 그제서야 당신의 부인이 떠오릅니다
유복자인 당신의 아이가
새근거리며 자고 있었고
차마 이 땅에 홀로 남겨 두고 싶지 않았을
당신의 어린 아내
의 물기 어린 눈동자가
눈에 밟혔습니다

이사를 가게 되서 알려드리려고요

주소를 받아적으며
사내가 이 땅을 떠나며 남기게 되는 것을 생각합니다
아비 없이 성년을 맞을 갓난 당신 아이와
당신이 남긴 기억만으로 평생을 버티어낼
아내와 아내와의 추억과 아내의 슬픔을
주소와 함께 받아 적습니다

일월 이십사일
추운 날씨에 이 세상 이별한 최병철 씨
당신 부인이 전해준 당신의 주소를 알려드립니다

도화 일동 백팔십사에 십삼
그 하늘 아래

당신의 어린 아내가 있습니다

광화문 지하도에서

유난히 힘든 하루였어 때마침 차가운 비
어둠과 뒤섞이며 내리고 있었다

노인이 부는 하모니카 소리가 마음을 붙잡아
손을 움직이게 한다
노인이 선 지하도 구석
저녁 한 끼 돈도 영영 모일 것 같지 않은 허름한 바구니에
쩔렁거리는 동전 몇 개 놓아두고
쉽게도 타인의 생에서 멀어지지만
춥다 겨울은
녹지 않는 눈처럼 쌓여져 가고

가난한 이들에게 겨울은 혹독하다고
집을 나서던 아침나절
어머니는 마당을 쓸며 말하셨지
부쩍 늙은 어머니의 얼굴이
궂은 하늘처럼 주름졌다 이 겨울

하모니카도 없는 나는
어느 거리에 서서
사랑을 구걸할 것인가

무거워진 바람 맞으며 비 내리는 거리를 향해 나 있는
계단을 오른다
내게 있는 긴 외투로 나는
일상의 긴 지하도를 건너가지만
어머니가 주신 사람다움으로
노인의 얼굴이 못내 아파지겠지

하모니카 소리
멀어진다
비는 더
거세지고 있다

그 미소의 그늘

아직은 슬퍼할 것 남아 있어

비와
비와
또 빗소리

아직은 어른이 되지 못하였으므로

비와비와빗소리

순간순간 애틋하고
시간시간 시려운
사람 하나 만나고 싶어

비와비와
빗소리

비와비와

빗소리

아직은 담담하지 못하여

먹통인 가슴속으로

비와비와빗소리

10월,우리영혼의우기,환청과유령

비와비와빗소리

꿈꾸는 호두과자

열한 시 오십팔 분, 기차가 막
건널목을 지난다 아니
건너는 것은 기차가 아니라
늘 사람과 자동차였지

(견고히 내려진 차단기)

이미 너무 기다렸다

아직 이 몸 어딘가에
열정이 남아 있을 때
누군가 저
꽉 막힌 입구를 열고 나를
숨 막히는 이 그리움에서
해방시켜야 한다

(기차가 지나고 차단기가 올라간다)

멀리서 들리는 재잘거림

(…누군가 오고 있다)

정오,
기찻길 옆
리어카 위
엉성한 신문지 봉지 속에
든
꿈꾸는
호두과자

깊은 호흡

달은 거기 있고
나는 여기 있네
한여름 밤
가슴을 베어내는 소리

밤의 속살을
한꺼풀 벗기어 내면
누추한 서로의 어깨로
기대어

사랑해야 하는 건
또 얼마나 많은가

깊게 호흡하고 싶네

날아라 세발자전거

1.

달빛이 차다

집 있는 것들은 다

어둠을 피해 숨어든

무인지경

쉴 곳이 없는 것도 아닌데

거친 숨 몰아쉬어도

잠잠해지지 않는 초조

난 닫혀 있다!

달빛이래도 온몸 다

얼려주지 못하다

바람이래도 온 맘 다

쓸어가지 못하다

달콤했는지

일상의 언저리

짧은 쾌락을 삼키며 또

어떤 비굴을

비장의 무기로 감추어 두었는가 나

2.
놀이터에는 세발자전거가 덩그러니 남아있어요

어느 아이가 엄마 손에 잡혀 코 닦으러 들어가다

잊었겠지요 손잡이에 달린 플라스틱 비늘이 바짝

차오르다 잠잠해져요 별들이 지천인 바다 이깟 것쯤

생각만으로도 둥둥 떠다닐 수 있겠어요

간간히 날벌레들 보란 듯이 땅을 찼어요 어디쯤엔

여우가 사는 별의 어린 장미가 가시를 뜯는 양의 혀를

할퀴고 있겠지요 둥둥 논바닥처럼 갈라진 얼굴을 한

마더 테레사가 검은 색 수의를 하늘에 던져 별들을

잡아요 한껏 먹어도 배부르지 못한 허기진 영혼들의 땅

저기 돌보다 먹여주었던 나병환자들의 얼굴보다 더 깊은

주름으로 웃던 여인.
언제인가 천사 같은 얼굴을 상상하던

내가 얼마나 그 골팬 웃음에 실망하였더라?

같은 날 일류 옷쟁이들의

파티 복을 팔아 아이들을 돕는다하여
천사라 불리던 얼굴도

예뻤던 영국 황태자의 전처는
웨스터민스터 사원의 바람둥이

가수가 던지는 헌화가를 밟으며
마지막으로 파파라치들의 환호에

포즈 취하며 세상을 떠나요
마더 테레사나 황태자의 전처나

다 천사라지 뭐예요 글쎄. 어어 저기 별들이

별들이 다 희미해지고 있어요

3.

날아라 세발자전거

수녀의 땅과

왕비의 궁전 모두 다 굽어 볼 수 있는

꼭대기까지

싸늘한 철창과 나 앉은 놀이터가 다

뒤집혀지는 공간으로

갇혀있다 섞여지고 자유롭다 풀어져서

단지 살아있음이 자유이며 굴종이며

기쁨이며 고통이여 모든 것이 스승이며

아무것도 중요하지 않은

날아라 세발자전거

거꾸로 날다가 쳐 받히면 땅은

온통 물렁한 제리, 생크림, 달콤한

쵸코렛 다 핥아라

삼켜버려라

4.

난 갇혀있다

네가 날 자유롭게 해 줄 수 있겠니?

날아라 세발자전거

너도바람꽃

바람이 분다
소리 없는 것들이 무게를 얻어
어둠을 걷어 내리는 들판
위로
바람이 분다.
자세히 보면 그
어둠 속에서 소리에 소리를 더하며 자꾸
흔들리기만 하는 작은
꽃
하나가 있다 그건
살려고 해서가 아니라 그냥 살아져서
살기도 하고 또는
잔뿌리 하나마다 부석한 먼지 붙들고 섰는,
영문 모를 집착으로
살아지는 너도
바람꽃이다

어둠 속에서 꽃이
바람을 견디고 있다.
아니면
바람 속에서 꽃이
스스로를 견디고 있다.

별들은 언제 사라지는가

넋두리

시인을 키우는 것은 팔 할이 바람이라는데
난 바람과는 피 한방울 섞이지 않은
바람 참 못난 자식을 두었구려

시인은 슬픈 천사라는데
혹시라도 팔 아래 간지러운 부분에
날개가 쑥하고 나오면
날 수도 있겠지 하고
빈둥거리던 저녁 천장에
나방 하나가 붙어 있었고

내가 떠나왔던 세월은
소용 없었다 또 다른
시간일 뿐 바로 나일 뿐
같이 죽어가는 것일 뿐
언제나 같은 방향으로 부러지는
갈대여 바람이 슬픔이

몹시도 널 힘겹게 하겠구나
가난한 자의 하나 남은 꿈
당신의 몸에 난
창 자국을 보여주시오
어쩌면 의심은
당연하지 않은가?
꺾일 듯 일어서는 갈대

가난하자면 또 얼마나 많은
유혹이 있는지
흔들리지 말자
끊임없이 의심하고
끊임없이 질문하고
끈질긴 눈초리로
탐색하고 탐문하고
지쳐 돌아갈 안식은
처음부터 있지도 않았다하고. 너는

바람이 키웠으며
슬퍼지도록 되어있으며
더불어
천형 같은 열정

그런데
理想의 허리에 난
상처에
손대면서도

난 왜 이리도
살고만 싶은 것인지

누군가 너를 지켜보고 있다

- 달이 있는 풍경

아가의 손톱무덤, 누군가의 숨결인지에
보얗게 젖어드는
시리도록 사무치는
빛깔

슬픔이며 그리움이
목긴 여인 목에 걸린 목걸이마냥
얕은 호흡에도 흔들리다가

눈동자 가득히 환희의 음성으로
피다 밤새 피어오르는데

가만
조용히 저 안에 들어가
수그러진 반쯤 어둠속에서
나를 지켜보는 것은
누구?

이 땅과 네게 던지는

평안의 축복 같은

입맞춤

자전의 기울기

강물 흐름이 보이지 않을 때까지
오래도록 당신을 생각합니다.
강물을 흐르게 하는 기울기만큼 나도
당신에게 기울어져 있습니다

세상 모든 것을 가슴에 안고 가는 강물이
이제 일어나라 합니다
아무 것도 버릴 수 없는 나는
힘겹게 몸을 일으킵니다
지구가 기울어진 크기만큼 나도
당신에게 기울어져 있습니다

밤이 오고, 별들의 긴 귀로에서
당신을 찾고 있습니다.

너에게도 가는 길

빠른 노래나 들어볼까

잦은 하품
긴 기지개

슬픈 영화나 보아 볼까

잦은 하품
긴 기지개

다른 사람의 말을 빌리자면

너에게로 가는 길을 나는 모른다

낙엽이 좋아 가을이고
시월의 마지막 밤도 멀지 않은데

흥이 나지 않는다 아무 일도
아니지만

너는 너고
나는 나인데
자꾸만 네 모습은 싸늘해져 버리고
나는 자꾸 말을 잃고

걱정이다
너를 쳐다보는 것이 고통이다

바다에 서다

바다는 무엇을 말하고 싶은 것인지
제 몸을 들어 뭍으로 뭍으로
달려들었다
잊혀진 기억 같은 포말들
파도가 지나간 자리
새벽에 바다로 나갔던 배들이
멀리서 육지로 돌아오고 있다

전설대로라면 부표를 흔들고 있는 건
영혼이다 영혼은 그리움 이기지 못하고
바람을 찢어
제 몸 대신 바다를
긴 기다림으로 순례케 한다고 했다

부표를 디디며 다가오는 영혼을 쳐다보며
하늘은 무엇을 말하고 싶은지
비를 떨구고 있다

비바람과 바다가 함께
긴 노래를 시작하고 있다

지켜보자
언제가 되면 그리움
끝없는 다가섬처럼

익숙해 질것인지

반추 저녁

이렇게 비껴가는 너의 뒷모습을 보며
생각한다
그리움은 쉽사리 잊혀지는
난해한 성귀와는 다른 것

나의 언어가 샘솟기도 전에
고갈되고 있다 근원은
메마른 가슴에서 시작되므로
사흘을 견디지 못하리라

혀가 녹아들어가는 사랑도 없었고
혀가 타들어가는 분노도 없었다
황량한 풍경 속
여윈 풀잎으로 흔들리고만 싶었으나
시린 한기 곧추선
반추, 저녁

내일은 또 내일의 태양이 뜨므로

이리 비껴가는 너의 뒷모습을 보며
생각한다, 나의 풍경에
지지 않는 그리움

멀리 추억 속에
노을이
지고 있다

버릴 것이 없다

아무것도 가지지 못했으니
버리라는 말은
흘러 버리나

벌써
여러 밤
달도 보이지 않는
깊은 전등의 어둠속에서
네온처럼 번쩍이는 내
속의 꿈틀거림

버려야 할 아무것도
지니지 못했으므로
티끌로 덤살이 하는 셈이므로
덜으라는 말은
외면하는가

벌써

깊은 밤

인적도 없이 초라한 거리에

토악질과

나쁜 기억과

가시지 않는 욕심만이

어슬렁거리는

아무것도 버릴 것 없는 사람들

흥청이며 흔들던

암흑의 거리에 비추는

찬란한 네온사인

간판은

'하이크라스'

아무것도 버릴 것이 없다

별

가끔씩 네가 그리워지나
그만큼 슬프기도 하여서
체념의 구석에 몸을 맡기네

힘든 것이 사는 것이던가
나는 힘들지만 살아는 가는데
그리움은, 내 그리움은 자꾸만 숨을 멎는다

벌써 여러 밤
하늘 어두컴컴한 구덩이만 올려다봤어
아무것도 눈에 들어오지 않고
음악도 즐겨 듣던 노래도 시큰둥하여서

네가 또 그리워지나

너는 그리워하는 만큼 더 멀어져
내 손닿지 못할 이름으로
밤하늘에 떠오르곤 했지

새벽이 오기 전에

굴뚝을 집어삼키는 연기
토악질로 뒤덮인 밤의 술자리
그때 네 이름 불렀던가, 내가?

갸웃갸웃 알지 못하게
별이 지는 것을 지켜보다가
투명한 투명한 투명한 물
방
울
을 뿜는 물고기를 만난다 물
                    고
                      기
                        는
뻗 을손 .다졌가 을늘비 금황
다가 나는 물에 빠지어 허
우
  적

거

　리

　다

가 잠에서 깨어.

투명한 것 끝에 있는

절망을 보았는가

눈부신 태양 어린 내가 그랬고

작은 잔에 담긴 독주가 그렇고

이제는 습관이 된 그리움이 그렇다

투명한 것 끝에 있는

고통을 보았는가

피 흘리며 귀가하던 어린 내가 그랬고

작은 잔에 담긴 독주가 그랬고

오지도 않고 가려고 하는 그리움이

그렇다

그래도 새벽이 오는가

그렇다면

부디 내 하늘에서

별은 거두고 가라

비를 기다리며

그때에는 모든 것이 지옥이었어
스스로를 견디기가 가장 힘겨웠고

그러고도
거미줄만한 엷음이라도 할 수 있다면
바다만큼이나 긴 공간을 늘어뜨려
너와 닿고자
상념의 꽁지에 몰두하던 일

위태롭다

모든 것이 폭풍 속이었어
모든 것이 바다 위였고
모든 것이 바람이었어
흔적이나 남을까 하다가
흔적 없이 사라졌으면 하는 마음이
또 흔적이 됐어

아무도 남지 않은 빈자리에

지금은 비를 기다려
모이지 못해도 흘려져
한번쯤 너를 물들이고 싶어
투명한 몸짓으로 네게
가고 싶어
어 그런데

비는 언제 와?

산 넘어 서쪽

산 넘어 서쪽
뉘엿뉘엿 해가 지는

키 작은 언덕과
깊지 않은 바다
날마다 숨죽이는
그리움의 땅에서
너와 함께 있고 싶었어

뜨는 해보다는
붉은 노을을

피는 꽃보다는
바람 실린 낙화를 더
좋아하였으므로

만남보다는
헤어짐을

기쁨보다는
모진 그리움을
더 사랑하였으므로

이런 바람은 그저 바람 같을 뿐

네가 가버린 서쪽
해 지는 그 땅에서

오지 않고 있었어

서늘한 오후

나무 세 그루 봄은
책상 앞에 놓인 달력 수채화에만 와 있어서
지하에 잠들어 있는 초록들 깨우는
빗방울에도 시큰둥한 것이
어떤 일이 있었던 거지?

겨울 모서리에 찔려 난 상체기

아무도 나를 불러주지 않았던 것인가?
커피 한잔 마시며 기지개를 펴는데
빗 노래만 신나게 들려주는 낡은
스피커에게
무슨 일이 있었던 거지?

일상을 떠나서 우리 얼마나 무력해지는지
알고 있는 모든 것을 되짚어 가도
분명한 것은 하나도 없는

나무 세 그루, 책상 위에 놓인 봄

달력은 자꾸만 넘어가고

잘려진 흑백영화 한 장면처럼 정지해버린 시간

비가 오는 것인지 내가 가고 있는 것인지

이슬비에도 황급히 흩어지는 사람들

속에 내 사랑 건디지 못한 너도

어느 처마 숨어 들은 것이지

서늘한 오후, 비가 와서인지

책상 위에 달력 하나를 넘기며

너에 대한 기억도 넘기며

의미 없는 기지개 한번 하고 보내는

서늘한 오후,

창 밖에 비는 오고 있는데.

석문방조제

하늘을 바라볼 때 별이 아니라 그
하늘만을 바라볼 때
가끔은 타악하고 풀리는 맥 다잡아 가며
하늘만을 바라볼 때
남은 시간들이 그리 많지 않을 거라는
하늘만을 바라볼 때 바다에서 배들이 들어오고 있었지

바다에 가면 바다가 아니라 하늘을 쳐다보게 된다 멀리
바다 끝에서 하늘과 붙은 변경을 지나
하늘에 오르는 배들을
바람을 새들을 보게 된다
배들은 그들이 하늘에 있다는 것을
알기나 할까

마음을 가로 질러 긴 방조제를 놓는다
천천히 이 끝에서 저 끝까지 걷는다

내 안에서 팽창하고 있는 것은 어떤 우주인가?

저녁 배들이 바다를 향하고
하늘 문득, 별 하나가 진다

장밋빛 인생

내 일생의 많은 날 중에 하나
하필이면 오늘
긴 기다림이 계속되고 있음이
힘들어지고

창밖으로 꽃들이 지고
풀잎마저 허리를 꺾고
푸른 빛깔 다 쏟아지도록
고개 떨구고 있는
내 일생의 많은 여름중의 하나가 시작되고 있는지
벌써부터 성화인 더위, 개구리
울음, 고함소리
지루하게 긴 장마가 몰려오고 있다는
아침 출근길의 일기예보

이렇게 지쳐간다면 세월을
미워할 수 있게 될까 아직
하루를 시작도 하지 않았는데

밤들은 오고

사랑하며

할 수 없을 때까지

사랑하다 하다
운명의 끈으로는
거친 인연 잡아둘 수 없다고
겸허해질 때까지

그의 하루가 지나가는
봄과 시간
제때인 꽃들의 영토와
노래가 들릴 것 같은 하늘
비가 내리는 거리에서
삶의 이유가 되는 기억
그의 얼굴

생명 먼지 될 때까지

심미하게 부는 바람에도
견딜 수 없게 여위어
가쁜 호흡
숨죽여지다가
이생의 마지막을
그의 이름 부르며
눈 감아 질 때까지

우리 사랑하며

쉽게 살아남은 자의 슬픔

맥박이 뛰는가
피
솟구치는가

(살아남기 위해 막아두었으나)
미봉된 입구를
들이치며
피
돌고 있는가 곳곳
아무도
들여다보지 못한
그
누추한 골목들을
어둠처럼
적시는가 마침
자욱한 안개로
떠도는가

슬퍼하는 영혼의 가루가
이 몸 어디엔가
싹 트고 있는지 아마도
눈 가엾은 거 보고도
쉽게 감아버리는
티끌보다 미세한 그
퇴화된 장식에서 나오는 한 알
눈물 또 피

우리 살아있는가

대답 않는 건 누구?

슬픈 혈통

어디서 끝날지 모르는 길 위에서
쩔렁거리는 그리움 몇 개와
허름한 추억 한 벌 걸치고
낯선 낙엽들과 만난다
그 거리 끝에
인사도 없는 작별들이 길게 이어진다.
아쉬움이 짧다면 기억이 짧을 줄 알고
우리는 허름한 술집에서 술을 마시다 잠이 들었다

문득
숙취처럼
불쾌해진다
몸에서 새어나간 고백으로
나는 취해가고 있었다. 그래
너는 알지 못할 것이다
단지 이상해 하고 동정할 뿐이지만
뭐 어쩌겠는가 너의 얄팍한 관심들은

짧은 가을도 견디지 못할 것이다
가슴 찌르는 죽창 같은 그리움
많이도 견뎌 왔었다. 생명줄처럼 쥐어오던 이름
내 손에 네 이름이 걸린다 걸린다, 끊어져버리고

단지 동정할 뿐이며
다가가게 하지 말지니
사랑하는 사람을 불행하게 만드는
그런 재주만을 지니고 태어난 나는
어느 길 위에 내 무덤 쌓고 너를
맞을 것인가?

길 위에서 낙엽과 이별하고 있다
내 몸에 흐르는 이 피
낙엽처럼 흐느끼다

어느 포구에서 만난 사람

그때에는 무엇이 그리 아파
잠들지 못했는지
사랑하는 사람은 가고
사랑하던 기억만 남아
그리워지는 건
사랑하던 그, 아니면
우리 사랑하던 일?

새삼스레 이리 아파오면 대체
어찌 살아가라는 건지
연약한 내가 또
가여운 내 영혼이

영원하지 않으리라는 위안으로, 그래
죽어간다는 단 하나의 이유만으로
눈물은 지우고 살아가야 하는지

보고싶다 너
실은
널 아직도
기억하고 있다

죽어가고 있다면
그때는 언제일런지
그렇다면
언제쯤 담담히 네 앞에
설 수 있을지

추억은 아름답다고만 하던데
이 밤은 왜
이리 슬픈 것인지
보고 싶다 너
실은
아직도 그날들을
사랑하고 있다

우리의 대화에서 이런 이야기가 사라진 것은
대체 언제입니까

1.
집 앞 골목에 있는 자판기에서
커피 한잔을 뽑는다 맛은
같다 커피 분말과 크림과 설탕이
입에 길들여진 만큼 쏟아져내려
녹는다 가만히 들여다보면
그 잔을 들고선 내 모습이
한결같음을 여러분은 발견한다 나는
이를테면
예측 가능한 인간이다.

2.

예측 가능한 일이다 아침과
점심과 저녁과 때로는 새벽까지
나는 같은 식으로 생각하고 같은 식으로
행동한다 같은 식으로 침묵하고
같은 식으로 발언한다
나의 분노는 오히려 당신들에게
편안하다 나의 분노는
적당한 순간에 적당한 수위에서
잦아든다 굳어진 당신들의 얼굴 속에
일종의 안도감이 번지는 것을
눈치챈다 나는
여러분이 안도하는 것과 같은 방식으로
안도한다 여러분 역시
어느 정도는 예측가능한 인간들이다
그런 의미에서 우리의 계약은
유효하다

3.

나는 사랑할 수도 있으며 증오할 수도 있으며
무관심할 수도 있다. 나는 박애주의자나 어부가
될 수도, 등대지기나 살인자나 테러리스트나 광신자나
성자가 될 수도 있다 때로는
스트리킹을 할복을 살인을 동정을 사랑을
그리고 일상을 산다

여러분은 그 모든 것을 짐작할 수 있다

생각해보라 우리는
전쟁과 평화와 재난과 폭동과 경기침체와
정치인의 부패와 정권의 몰락을, 스캔들과 노벨평화상과
유에프오와 코로나와 불가사의한 모든 일에 대해
짐작할 수 있다 외계생물과 태양계보다 몇 배나 혹은
몇 만 배나 큰 또 다른 우주와 우주를 둘러싸고 있을 수도
없을 수도 있는 수많은 다른 가능성에 대해 수근거린다

나는 때로는 일차원이며 이차원이며 삼차원이며 존재하지
않으며 나는
꿈속의 나며 나는 꿈꾸고 있는 나이지만
대체

소년이 사내가 되는 것은 언제이며
평범한 것들이 소중해지는 시간과
우리의 하늘에서 별들은 언제 사라지는지

대체
언제 별들은 사라져 버리는 것인지

영화는 끝나지 않았다

살아가는 만큼의 슬픔과
살아가는 만큼의 기대가
악수하고

긴 숨을 쉰다

한가롭게만 본다면
삶이라는 것도
평온이겠지만

치열하지 않는 시간 있는지
잠시 쉬어 갈뿐
잠시 잠이 들뿐
미처 꿈이 될뿐

알면서도 삼키는 독배

돌아가는 법은 배우지 못했으므로
사랑하는 마음은 두기로 한다

장렬한 최후가
두려워지지 않도록

깊게 숨을 쉬며
또
깊게 사랑하며

저를 용서해 주겠습니까

지하철이 동호대교를 건너고 있는 동안
흐르는 강물위에 태양이 저물어갑니다
당신 생각 떨쳐버리지 못한 저는
이제 올 밤이 아득하게만 여겨집니다

한결같이 제자리를 지키는 것들
고맙습니다

삶이 고단하다고 간단히 몸을 눕히던
계절과 변명 사이 저는
제안에 갇혀 흔들리고만 있었는데요

추억은 아름답다고만 하던데
마지막으로 지켜보던 당신의 뒷모습을 생각하면
멀리서 얼음장 꺼지는 소리가 들립니다 텅 빈
벌판을 스치는 바람처럼
서늘한 기운이 혈관을 타고 돕니다

제자리 지켜주는 이들
참으로 고맙습니다
당신들 보면 흔들리기만 하던 저
부끄럽기만 합니다
소용없는 일이지만 그땐 지켜야 할 자리
미처 알지 못하였답니다

무거워진 눈동자로 하늘을 봅니다
이제는 달이
황도를 돌아섭니다

빈센트

당신, 귀를 자르는 겁니까

잿빛 하늘이 지지 않는 달 안고
돌연 긴 한숨을 내쉬는

사람이 그리워지고 당신이
기다려지는 이런 눈 오는 날

쓸쓸히 다가갔다 서성이고 마는
그 집 앞을 빈센트, 당신은
돌아와서 비수를 귀에 대는 겁니까

지워지는 않는 절망 때로는
얼마나 편안한 안식인가요

빈센트 귀를 자르는 겁니까
상심의 상처에서 쏟아지는 피
그러면 아픔들
안 아프게 되는 겁니까

이리 고운 눈이 내리는
회색빛 하늘 아래
덮어지지 않는 얼굴 떠올리며
당신이 잘라낸 것은
젊은 우리
열정입니까 과연
그런 겁니까?

장밋빛 인생(2)

꽃이 피고

꽃이 지고

사람이 나고

사람이 죽고

수천의 글을 뒤적이고도 나는

그리움보다 고된 단어를 알지 못한다

꽃이 피고

꽃이 지고

사람이 나고

사람이 죽고

그 일천한 시간에

몇 번인가의 죽음을 목격하고도 나는

사랑보다 두려운 낱말을

기억해 내지 못한다

비가 오던 밤에

바람도 오고

구름도 오고

그 밤의 모든 것이 다 시가 되었는데도

비와 바람과 구름을 왜 그리 좋아하는지

나는 알지 못한다

더욱이

사랑이 시가 되고

시가 고통이 되던

그 밤보다 더 힘든 하루를 나는

기억해 내지 못한다

호흡하는 모든 것

소극적 저항

- 가르침에 대하여

원수를 사랑하란 말
알겠습니다

당신의 옆구리를 뚫어내던
금속성 소음

당신을 알지 못하는 편이
나았습니다

닭이 세 번 울기 전
백번이라도 당신을 부인할지
모릅니다

그때에는
원수를 사랑하란 말
기억해내십시오

소극적 저항

- 그리고 자본

그래
우물에 물
찼다
빗물이든지
똥물이든지
찰 때까지
차야 할 때까지
차기는 찼다

그런데
두레박

우리한테는
왜
없는 거지?

소극적 저항

- 기다림에 대한

밤이 지나치도록
한결 계단에 앉습니다

이정표처럼
큰 알전등이 시린 계절 동안
혼자 밝아져
멀뚱멀뚱

허옇게 입김을 불어 봅니다

태엽 풀린 나무들이여
다시 한번 절걱거리며
가지를 들어보렴
잎들이 다시 제자리에 달려
바래졌던 푸른 기운이
술 취한 듯 블그럭히
생명으로 돌아가 보지

하나둘 수를 세다가
눈을 감습니다

기다리다보면
얼음장이 풀려
집으로 들어갔던 아이들
떠들썩하게 다시
골목에 모이겠지요?
나갔던 새들 쑥스럽게
날개 긁적거리며
풀 속 벌레를 뒤지러
돌아오겠지요?
기다리다보면
기다리다보면
하다가
눈을 뜹니다

나무에 다가가

잎 들어

가지에 올려 두고

집으로 돌아갑니다

소극적 저항

- 그리고 사랑

당신을 사랑합니다.

겁이 납니다.

묵직한 두려움.

당신을 사랑합니다.

전설을 믿지 않는다

인어가 사람이 되어
목소리와 몸을 바꾸었던 일

나는 전설을 믿지 않는다

어제는 한동안 비가 내렸다
바람은 불어오고
작은 방으로
짐승처럼 달려드는
그리움을 쫓아가며
번번이 파지가 되는
변변치 않은 詩들, 詩들
담배를 물고
머리를 쥐어뜯으며
단어 하나
버려질 한 줄, 한 행

내가 슬픈 천사*되어

목소리와 시를 바꾸는 일

나는 전설을 믿지 않는다

* 슬픈 천사: 윤동주의 詩 '쉽게 씌여진 시' 중

중앙식당

많기도 하다 사람들이 빨간색 파란색 등산복에 무릎까지
올려붙인 등산 양말 카메라에 철컥 찍히는 본존불 둥그렇
게 모인 엄지와 검지 둥그런 파전이 네모로 잘려서 나오
는 주점 중앙식당에 앉아 텁텁한 동동주를 마시는 사이

요즘 유행은 빨간색이다 머리가 불타오르고 그냥 보면 사
람마다 단풍나무다 술에 취해서 비틀거리는 사내의 겨드
랑이를 낀 관광버스에서 내린 사모님의 머리도 빨간색이
다 그 색을 묻지 마라 무념무상의 경지, 만취하여 파전과
검지와 엄지에 둥그렇게 맞닿은 손가락의 본존불 앞에서

그와의 연결을 꿈꾸는 그의 본능을 묻지 마라 누구든 버
스에 오르기 전엔 변심의 해탈의 변신의 가능성이 존재한
다 존재하므로 묻지 마라 산이 타고, 나무도 타고 때로는
관광버스 기사님도 벤츠를 꿈꾸려 타오른다 함부로 욕심
을 비웃지 마라

다친다

태백

작은 손 하나 덮혀주지 못하는
약한 체온과
아픔 하나 보듬어 주지 못하는
편협한 마음을 용서하라

산문으로 들어서자
바람은 이 끝에서 저 끝으로
겨울을 실어 담고 있었으나
살얼음 낀 계곡을 오르며
흐트러지는 옷깃을 여미며
너를 생각하였다

바람의 영토
근접할 수 없는 금단의 땅에
눈꽃이 피다 진다
안개가 오르다, 흩어진다

이리저리 누추한 우리의 삶
컴컴한 귀가의 길에 기차는
터널로 들어가 잠행했다가 빛으로 나오고
뿌옇게 어린 성에, 창문 너머에

굽이치며 도는 강물의 포말로
한가하게 피어오르는 저녁 끼니, 굴뚝연기로
너는 나를 따르고 있었는데

허락 없이 사랑하였고
허락 없이 그리워하는
어린 마음을 용서하라

내 육체와 내 영혼과

나 혼자 보고 온 겨울 산의

고움, 다

용서하라

완연히 겨울 하늘은

어둠속에 묻히다

파문

태초에 나의 이름 붙여준
태초에 나의 이름을 불러줄
때로는 영원까지 나를 예비한

그런 신의 영토가 존재한다고 해도

나는 태초에 나의 이름을 정해준
나는 태초에 나의 이름을 불러준
때로는 영원까지 나를 예비하는
태초이며 영원인 그런 이야기는 그만두고

동의하지 않은 역사의 혹은 신의 수레바퀴 틈에서
허리 꺾여도 살아남는 인간들이
하늘에 삿대질하면서도 불경치 않은

인간과 인간들의 생활과 인간들과 함께하는
모든 숨 쉬는 생명이 같이 동등한
그런 우리의 전설을 위하여

인간다운, 너무나 인간다운
우리의 이름으로

나는 너를 부른다

풀잎

물을 마시다보면
물에 물을 더하고 나면
심장 어디쯤엔가
실뿌리 내린다

한참동안 올려다보지 못한 하늘

벌컥벌컥 들이마신 물이
순간 까칠한 손끝을 뚫고 돋아난다
허리가 휘고 무겁다 자꾸
땅에 붙어 무너지고 싶은데

바람에 훌쩍이는가 하고
추락을 준비하다가 난데없다
화들짝 세상에 밀어지는 저
풀씨들

하늘에 달라붙어
마구 할퀴는 저
끈질긴

항문

예전에 내 항문은
아기처럼 순수했네요
파우더 듬뿍 발리고
광목천에 감싸여
엎어져 하늘을 향하던 일
아시는지?

한 번쯤은
내 항문도 치열했네요
치열은 치열을 부르고
치열은 치열끼리 친하지요
치열의 거리에서 내
항문도 부끄러움 없이
배설할 줄 알았네요

항문은 이제 타락했어요
괄약근은 느슨해지고
치핵은 번성했네요

그 사이 많은 일들이 있었지요

요즘은
개들의 항문까지
길들인다네요

해바라기

겨울
볕든 자리에 앉아
손을 쭉 뻗어 기지개를 편다

얼음을 실은 공기를
뚫고 꽂히는 저 태양빛의 다양한
스펙트럼

희망의 색깔만 보고 싶다

살얼음 낀 눈[眼]을 파내며
오직

사랑의 시점만!

호흡하는 모든 것은 서로를 위로해야만 한다

1.

등장인물

살아있는 모든 것

추억으로 남은 이름들

무대

회색 바탕의 거리, 겨울은

간밤에 내린

큰 비와 함께 시작된다

내 삶의 단역들 소품과

효과음 바람소리 네가 남기고 간

한숨과 초조한 기다림

나에게 퍼부었던 비난과 절망이 밴 한숨과

영문 모를 분노들 여운도 없이

내려진 막

네가 나를 사랑할 수 없었던 건
너의 잘못이 아니었어

추위와 함께 등장하였던
노숙인 옅은 동정심

우리의 사랑은 다른 것과 다르지 않았다

무슨 이유로
영원히 사랑하리라
믿었던 거지?

이유 없이 사랑은 시작되었고
우리의 미움에도 이유가 없었지
인사도 없이 너는 떠나갔다
절정도 없이 막 내린 연극처럼
사랑은 지나가 버리고

그렇다 우리가 했다는 사랑은
남들과 다르지 않았다

복선도 없이 끝난
연극의 에필로그
등장인물은 혼자 남은 나와
추억이 되어버린 이름

2.
찬바람에 곁을 지나던 아이가
몸을 움츠린다

이 계절에

호흡하는 모든 것은
서로를 위로해야만 한다

혼자 중얼거리기

안녕하셔요 여러분 밤새 편안 하셨는지요
밤 내내 든 꿈들은 동화 같았겠지요

안녕하세요 손에 익은 펜들과 낡은
내 의자 혹시 내가 그립던가요

찬기 머금은 옷을 벗으며
주머니에 장갑을 집어넣으며
파워를 넣으면 껌벅껌벅
안녕, 커서는 잘 쉬었겠지요

평온한 아침이지요
절망하기에 딱 좋은 날씨이군요
똑같은 일상과
동일한 권태가
반갑게 손을 내밀고
안녕하세요 내 친구

한 번 웃어주지도 않고
등 돌려 앉아버리는군요

당신이 들렀던 결혼식
오랜만에 만났던 사람들 다
안녕하시던가요
재미없게 들었던 큐대와
빨간 공 하얀 공으로 나의 주말도
현란하였답니다

무모한 열정으로 언덕을 오릅니다
웃고는 있지만 속이 쓰리다고요

이런 것도 시냐구요, 왜요?
이런 것도 사랑입니다

어쩌다 보니

어디 가세요?

아득한 밤이에요

이미 바람이 먼저 지나간
논 사이로 난 길을 따라
당신을 만나러 가요

별들이 가을의 9시를
가리키네요
조금 있으면 펑 하고 터질 것 같은
팽팽한 긴장감 속에 대치 중인 별들이
간유리 창백한 하늘에 매달려 있군요

그런데 어디 가세요?

당신 찾아 나선 나를 위해
잠시만 거기 남아 있어요
추워요
어쩌면 이대로 주저앉을지도 몰라,
잠시만 기다려요
할 말이 있어요

잠시만 기다려 보세요
기다려 보라구요

아 자꾸 황도를 돌아서는 당신

내 소리가 들리세요?

이상한 나라의 엘리수

유사품에 유의하세요
이상한 나라의 엘리수

토끼탕에 닭백숙에 소주 한잔 걸치고
우리의 나라로 구경 오세요

가면 쓴 사람들
얻을 것도 없는데
명분의 치장을 한 실리로 자기 생각만 하죠
저도 한 몫 해요
아슬아슬하게 줄 타는 어릿광대
제가 거기서도 보이세요?

이상한 나라의 시계는 째깍째깍
시한폭탄이 아닐까요 엘리수
혹시 모르니 납작 엎드리세요

구경 왔던 사람들은 다 갔어요
길마다 부비트랩
나의 생존이 경쟁의 명분이 되어 서로의 발목을 붙잡아
우리 나라사람들만 못 가고 남죠

이상한 나라
가버리면 그만인데,
가는 길을 잃어버렸어요

째깍째깍 시계는 시한폭탄인가

조심!

뇌관은 건드리면 안 되죠
사람마다 폭탄인 걸요
누가 폭발할지 몰라요
습관이 되면 이상한 게

정상이 되지요

어디가 신고 좀 해주세요

엘리수

차암 이상한 나라, 이상한 사람들이에요

(물론 저도 한몫한다니까요!)

가혹하게 대하기

술을 끊고
담배를 끊고
좋다
혼자 앉아 공상하는 것도 줄여볼게

흥얼거리는 노래도 마치고
언제나 동무가 되어 주던 책도
비 올 때마다 지분거리는
그 섬의 등대도 잊자

하지만 말야
잊으라고 하진 말아 줄래

아직 나는
아무것도 하지 않았다

간빙기 한복판

그는 안다

서늘한 밤
나무는 혼자 흔들렸다

오랜 시간 그 자리
잎들은 나무에서 떨어진다

존재들이 이름을 갈망하고
이름들이 존재를 치장할 때

나무는 흔들렸다 부산히
잎들을 떨구었다

가야 하는가, 이제.

이름들이 존재가 되고
이름만이 존재가 될 때

나무는 조용히
떨어진 잎들을 본다

피곤하나 강건해야 할 뿌리
잎들을 감싸고

오래도록 그 자리
또 혼자서 나무는
흔들린다

사람 속에 우주가 있다

사람들은 저마다의 고민으로 쓰러지고
새벽이 오고 있었다
술잔을 기울이던 그림자들이 말 없어지고
깊은 숨, 탁하나 대기에선 날처럼 날릴 때
해가 뜨고 있지, 해가 뜨고 있지, 저기서 해가

핏기 선 눈동자에 세상이 다시 보인다
되풀이 되는 일상이 터무니없이 낯설다
들어가지 못한 집이 아쉬워
아이들은 애비를 부르다 잠이 든 게지

그런데 이상하다
아무리 힘들 때조차
우리는 혼자가 아니고
사람이 미울 때조차
우리는 사람이 그립고
피 토하는 절망 후 에도
다시 일터로 향할 때, 문득!

사람 속에
저마다의 우주가 있음이여

친구가 묻다

먼 곳에 있는 친구가 묻는다

'너의 시는 잘 살고 있니?'

새삼스레 묻지 않아도
순간순간 자문하였지,
나의 시는 잘 살고 있는지

시가 고개를 숙인다
고목처럼(한 번도 푸르러 보지 못한 채)
울림도 없이
공허하다

작은 슬픔도 견뎌내지 못하고
허무의 여행에서 돌아오지 못한 채
조그마한 바람에도 떠밀리게
야위었다

열정도

순수도

티끌만한

분노도 없이

탐욕스럽기만 한.

멀리 있는 친구여 묻지 마라

내 시와 나 모두 시들어가고 있어

흑백사진

끝내 살수 없기에
그리움 있다면서
사내는 앉아 술만 푼다

안주 없이
이름 하나 앉혀놓고
사연을 씹는다
맛도 없어

살아내자면
병든 짐승처럼 집에 가
몸을 눕혀야지

피 빠는 그리움도 함께 비틀거린다

그런데
곱기도 하다, 별
쳐다보며 바라본 하늘에
잘생긴 돌 하나 발에 차여
하늘 날 때

기어코 눈물 터지고야 만다

희망

그 밤 나는 보았다

낮 내내 잎 진 가지에 앉아 있던 참새가 날아
동쪽 달 아래 걸린 별을 삼켜버리는 것을

하루

작은 대 하나 드리우고
물가에 앉았다

늦가을 생기 잃은 잎들
억새들 나무 가지들

소금쟁이 하나가
물속으로 뛰어 든다

잔잔한 강심을 흩어 놓는 건
단지 지나가는 바람일까

처연한 적막에서도
아우성치는 박동소리
지치게 지치게
깊어지는 그리움

은빛 피래미가
물을 친다

세월

- 구내식당 아주머니, 내 어머니 닮은

퇴근버스에서 내려
들길을 터벅거리는 그때

처진 어깨 위
슬프도록 곱게 흩어져 번져가는
저 여인의
노을

자화상

저기 저
미치듯 두리번거리는
여윈 영혼의

그림자

에필로그

- 어쩌다 보니

어쩌다 보니
그 자리

소풍과 같던 계절
돌아와 그 자리

날선 초록도 둔해지고
열 뛰었던 탐색도 시들해지고

터덜터덜 흔들린 하루
불면의 이유가 되는 영혼의 빈곤

어쩌다 보니
언제나 그 자리

켜켜이 그리움테만 쌓아가며
여읜 가지 그 자리